# MES RÊVERIES,

## OU

## SOUVENIRS D'UN BELGE

CI-DEVANT CAPITAINE EN FRANCE.

## PAR A.<sup>te</sup>. DURIEU.

*Patriæ omnia vincit amor.*

Tel qu'au miroir des eaux notre œil voit retracés
Les nuages en bas, les arbres renversés,
Ainsi dans le sommeil l'âme préoccupée
Obéit aux objets dont elle fut frappée ;
Ainsi la nuit du jour retrace le tableau,
Ainsi de nos pensers nos rêves sont l'écho :
Des songes toutefois la peinture bizarre
Souvent brouille, détruit, ou confond, ou sépare.

( DELILLE, *Imagination.* )

## PARIS,

CHEZ LES MARCHANDS DE NOUVEAUTÉS.

1824.

# MES RÊVERIES.

# MES RÊVERIES,

## OU

## SOUVENIRS D'UN BELGE

### CI-DEVANT CAPITAINE EN FRANCE.

### PAR A^{TE}. DURIEU.

*Patriæ omnia vincit amor.*

Tel qu'au miroir des eaux notre œil voit retracés
Les nuages en bas, les arbres renversés,
Ainsi dans le sommeil l'âme préoccupée
Obéit aux objets dont elle fut frappée ;
Ainsi la nuit du jour retrace le tableau,
Ainsi de nos pensers nos rêves sont l'écho :
Des songes toutefois la peinture bizarre
Souvent brouille, détruit, ou confond, ou sépare.

(Delille, *Imagination.*)

## PARIS,

### CHEZ LES MARCHANDS DE NOUVEAUTÉS.

1824.

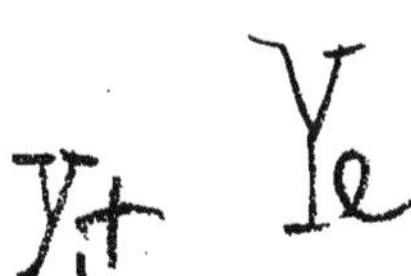

# MES RÊVERIES.

Près des sables brûlans de l'antique Syrie,
Lieux où finit l'Europe et commence l'Asie,
Une nuit, en rêvant au doux charme des vers,
Je me vis transporté par des songes divers.
D'un sommeil agité les visions effrayantes
Entr'ouvraient malgré moi mes paupières tremblantes.
Mes yeux ne voyaient rien : un tendre souvenir
Se mêlait à l'effroi d'un sinistre avenir,
Et voulant détourner mon penser solitaire,
J'étudiais Racine et méditais Voltaire,
Quand tout à coup l'aspect d'un bois silencieux
Vint fixer mes esprits en s'offrant à mes yeux.
Où suis-je? m'écriai-je; est-ce dans mes idées
Que je vais m'enfoncer?.... Que ces sombres allées,
Que ces réduits déserts, dans leurs profonds détours,
Ont d'attraits pour mon cœur! que j'aime leur secours!
Tout entier à lui-même, en cette humble retraite,
Souvent un malheureux a l'âme satisfaite;

Calculant le néant de la félicité,
Il livre son esprit à la réalité.
Pourquoi donc m'arrêter? me suis-je dit moi-même;
C'est ici qu'un mortel ennemi du diadème,
Méprisant des grandeurs l'insipide séjour,
Peut fuir le bruit du monde et le train de la cour;
Aussitôt pénétrant dans cette obscure enceinte,
J'ai cru voir sous mes pas la douloureuse empreinte
D'un objet mutilé par un fer meurtrier;
J'en poursuivais la trace alors qu'un vieux guerrier,
L'œil abattu, mais fier, mais noble en sa prestance,
Soudain marche vers moi d'une mâle assurance:
Quoi! me dit-il, c'est vous, vous! Mucius, en ces lieux!
Serait-il bien possible? en croirai-je mes yeux?
Ami, c'est moi, repris-je; hélas! que ta présence
Comble aujourd'hui mes vœux sur ta pénible absence!
Si tu savais jamais les maux que j'ai soufferts
Depuis qu'à ma patrie on veut donner des fers....
Je te retrouve armé, ton sort me fait envie.
Ah! conte-moi, Cassius, l'histoire de ta vie;
Conte-moi tes travaux, tes combats, tes dangers,
L'accueil que tu trouvas sur des bords étrangers,
Lorsque frappé d'exil par des lois trop sévères,
Tu fus chercher près d'eux des lois hospitalières.

Mon sort trop malheureux, cesse de l'envier,
Dit-il en soupirant, il te ferait trembler;
Tu vois ce fer, ce sang, ces dépouilles sanglantes,
Tous ces lambeaux de chairs encore palpitantes;
Tu marches sur du sang pour arriver à moi;
Apprends qui l'a versé, mais retiens ton effroi.
Pourrais-tu croire heureux celui dont la défense
Guida le bras vainqueur pour la noble vengeance
D'un souverain trompé par l'avis séducteur
D'un ministre perfide et d'un puissant flatteur?
Pourrais-tu croire heureux celui dont les services
Couverts depuis vingt ans par plusieurs cicatrices,
Ne sont que faits de gloire aujourd'hui méconnus,
Et ravalés au rang d'exploits qui ne sont plus?
En proie à ma douleur, j'étais loin de l'idée
De t'avoir pour témoin de mon âme obsédée.
Apprends, Mucius, apprends que je sors d'un combat
Par moi seul soutenu contre un tyran d'Etat.
Tu connais ce vizir de cette autre patrie
Que j'ai dû me former dans l'ennui de ma vie,
Ce ministre insolent au faîte des honneurs,
Qui ne sut qu'exploiter guerre, ruine et malheurs;
Orgueilleux, dur, inepte, avec un cœur perfide,
Un esprit ambitieux, et parfois intrépide,

Déchu de son haut rang à force de forfaits,
Mais voulant qu'un grand coup l'y remît pour jamais.
Cette arme que tu vois pendue à mon égide,
Ce fer que j'arrachai de sa main homicide,
Peu s'en faut qu'à l'instant, dans son cruel dessein,
Il ne l'ait tout entier enfoncé dans mon sein.
Il en fut autrement : un jour, ce jour encore
Est présent à mes yeux, d'horreur il les colore :
Sélim, dont les soupçons justifiaient l'éveil,
Le fit interpeller pardevant son conseil ;
Accusé, convaincu de nuire à sa couronne,
Il fut incontinent relégué loin du trône ;
Humilié de voir son titre anéanti,
Il court dans sa fureur rechercher son parti.
Tu sais, Mucius, le peuple est facile à séduire ;
Un traître fait souvent éclater son empire ;
Dans les heureux momens de sa prospérité
Il bénit de son chef la douce autorité ;
Mais si bientôt, hélas ! le jour de la détresse
Vient de son franc amour anéantir l'ivresse,
Alors le désespoir resserre tous les cœurs,
Plus de frein aux excès, plus de borne aux fureurs.
Un jour suffit souvent pour détruire l'empire
D'un roi faible et trompé, quand un traître conspire.

Ainsi veut ressaisir, en ses pervers desseins,
Le glaive du pouvoir échappé de ses mains,
Ce vizir orgueilleux, dispensateur du crime,
Détestable support du pouvoir légitime,
Qui, pour le rendre odieux à toute une nation,
N'employa que vengeance, haine, proscription.
La discorde s'allume et la guerre civile ;
Les horreurs du trépas volent de ville en ville ;
Chacun veut commander, nul ne veut obéir ;
Le monarque impuissant ne peut se soutenir ;
Ses mains laissent tomber, faibles et défaillantes,
De son trône ébranlé les rênes chancelantes ;
Le vizir s'en saisit ; mais le peuple irrité
Maudit, brave sa fourbe et son autorité,
Dans ces lieux écartés le force à la retraite ;
Il a juré sa mort et n'en veut qu'à sa tête :
Elle gît ici près ; approche, viens, Mucius,
Viens le voir terrassé par le bras de Cassius.
Attaqué par ce traître et contraint à me battre,
Je luttai quelque temps avant que de l'abattre.
Aveugle en sa fureur, au pied de ce rocher
Il crut sauver sa honte, éviter le danger :
Je le rencontre ici ; me jugeant sans défense,
Il veut m'atteindre en vain du fer de sa vengeance ;

★

Frappé trois fois au corps et trois fois confondu,
Ne crois pas que le traître alors se soit rendu ;
Il s'est trois fois soudain, plein d'audace et de rage,
Tel qu'un tigre cherchant les horreurs du carnage,
Précipité sur moi comme un vil assassin ;
Mais, plus prompt que ses coups, j'ai détourné sa main,
Et saisissant son fer d'une force assez sûre,
Je sus en l'écartant m'éviter de blessure :
Ecumant de fureur, vaincu, désespéré,
Il s'est lui-même alors, dans son flanc déchiré,
Arraché des lambeaux de ses fibres sanglantes,
Et détruisant ainsi ses forces languissantes,
Il est tombé bientôt, méconnu dans son rang,
Mais digne de son sort, tout dégouttant de sang :
Voilà comme, abhorré, ce ministre parjure
Vint trouver à mes pieds un roc pour sépulture.
Après ce coup, Mucius, que deviendra mon sort ?
Dois-je attendre en ces lieux ou la vie ou la mort ?
Sélim ne peut garder son trône qui chancelle,
Je te l'ai déjà dit ; la discorde cruelle,
Par l'aspect effrayant de sanglantes horreurs,
Agite les esprits, enflamme tous les cœurs.
A de traîtres conseils quand un roi s'abandonne,
L'irritation souvent fait écrouler son trône ;

Toujours le peuple juge indigne de régner
Celui dont le pouvoir ne sut pas l'épargner ;
C'est en vain qu'un mortel veut prendre sa défense ,
Quand cent mille sujets n'aspirent que vengeance.
Ami, tel est mon sort, tel est celui du Roi ;
Je ne puis rien pour lui ; que faire ? ah ! réponds-moi ;
Quand mon pays se livre aux horreurs de la guerre,
Dois-je l'abandonner ? Une terre étrangère
Peut-elle m'assurer de plus heureux destins,
Quand pour défendre un roi tous mes efforts sont vains ?
Quand vainement aussi, pour sauver ma patrie,
J'ai cru pouvoir donner mes biens, mon sang, ma vie ?
Un gros de révoltés qui traverse ces lieux,
Le désespoir au front, la fureur dans les yeux,
Vingt poignards dans les mains, porte sur ses bannières :
*La vengeance et la mort !* en affreux caractères.
Ses horribles accens : *Le Souverain n'est plus !*
Montrent partout la mort à mes esprits confus.
Les entends-tu, Mucius, ces hurlemens de rage,
Ces cris du désespoir, cette soif de carnage ?
Tel un débordement qu'on ne peut arrêter,
Le sang qui coule, ainsi, vient nous épouvanter.
Immobile d'effroi, j'écoutais en silence :
Ton sort, Cassius, hélas ! semblable au mien, je pense,

Me glace tous les sens, me fait frémir d'horreur ;
Tu fuis irrésolu ; tes destins me font peur,
Lui dis-je en frissonnant ; pour garantir ta vie,
Si tu viens retrouver ton ancienne patrie ;
Pour délivrer tes jours d'un trop mortel ennui,
Tu la quittas jadis, je la quitte aujourd'hui.
La misère est chez vous, et le deuil nous assiége :
Ami, figure-toi l'effroyable cortége
D'un essaim de bourreaux aux homicides bras
Ensanglanter nos murs en traînant au trépas ;
Tout respirant l'horreur ; échafaud et potence
Graver en traits de sang la mort en permanence ;
Ceux qu'épargne la nuit frappés à leur réveil.
Ah ! détourne tes pas d'un si triste appareil :
Tu quitterais un mal pour tomber dans un pire.
Plus d'espoir aujourd'hui ; c'en est fait de l'empire.
L'esclavage, le trouble et les divisions
Proclament à jamais le règne des factions.
Des bouleversemens, la guerre et l'anarchie
Déchirent à la fois le sein de ma patrie ;
Parmi les tiens on voit tout un peuple alarmé
Ressentir tous les maux du pouvoir opprimé ;
Exemple trop funeste et leçon salutaire
Aux souverains oisifs : mais chez nous au contraire

D'un tyran orgueilleux le pouvoir oppresseur
Vient armer de ses droits un grand peuple vengeur.
A ces mots, de Cassius s'altère la figure :
Lentement nous suivions les bords d'une onde pure
Qui venait mollement, dans son cours sinueux,
Côtoyer le rocher et des sentiers pierreux,
Quand alors il s'écrie, en abaissant la vue,
Elle circule en vain : cette onde répandue
Au pied des flancs durcis de ce mont rocailleux
N'amollira jamais le roc majestueux ;
Et soudain il me dit, d'un air pensif et sombre,
Ami, reposons-nous ; la fraîcheur de cette ombre,
Cet endroit écarté, dont l'humide séjour
Ne s'échauffa jamais aux doux rayons du jour,
Paraissent convenir à nos âmes ardentes :
Arrêtons-nous ici : ces eaux rafraîchissantes
Pour mes sens fatigués sont un baume enchanteur.
Sur la terre, est-il vrai, n'est-il plus de bonheur ?
Dit-il en soupirant : le cri de la nature,
Ce cri réprobateur du mal, de l'imposture,
De l'orgueil des tyrans, de l'abus de leurs droits,
Ne peut donc adoucir le caprice des rois ?
En prononçant ces mots d'une voix gémissante,
Il s'étend sur les bords de l'onde transparente ;

Son cristal argenté, son cours silencieux,
Calmait de nos pensers les effets douloureux.
Près de lui je m'assieds sur l'humide verdure ;
Tous deux nous observions le tranquille murmure
Du paisible ruisseau : mon ami consterné
Déroule de sa poche un écrit chiffonné :
A son texte on lisait : *Epître à ma Patrie.*
Prends, lis, me dit Cassius, avec l'âme attendrie ;
Vois s'ils sont faits pour nous les biens que nous cherchons ;
Partout l'orage gronde ; en vain nous la voulons
Cette paix qu'un Français, du sein de la Russie,
Captif, abandonné, souhaite à sa patrie
En plaignant ses malheurs : des nuages affreux
Rembrunissent encore et la terre et les cieux ;
La foudre se prépare, et d'horribles tempêtes,
Sifflant autour de nous, en menacent nos têtes ;
L'airain au loin mugit. Des mains de Cassius
Je pris le manuscrit, je l'ouvris et je lus :
« Jusques à quand, ô vous, monarques de la terre,
« Ferez-vous donc tonner les foudres de la guerre ?
« Quels charmes a pour vous ce fléau destructeur
« Qui couvre vos états de deuil et de malheur ?
« L'ambition, l'orgueil, quoi ! ces passions ardentes
« Dirigeront toujours vos armes menaçantes !

« Dans le sang généreux de fidèles sujets

« Sans cesse vous croirez signaler vos hauts faits !

« Ah ! pourquoi de vos cœurs l'heureuse bienfaisance

« N'adoucit-elle point leur pénible existence ?

« C'en est fait : ce pays si fécond en guerriers,

« Il a vu moissonner ses plus fameux lauriers ;

« Un ennemi terrible, animé par la rage,

« A porté dans son sein la mort et le carnage.

« O France ! ô ma patrie ! à quel excès de maux

« Il faut te voir réduite après tant de travaux !

« Toi que jadis on vit régner en souveraine

« Sur ces peuples du Nord dont l'implacable haine

« Voulut soumettre enfin sous leurs puissans efforts

« Ton sol ensanglanté de mourans et de morts,

« Tu n'as pu repousser cette armée arrogante

« Qui traînait avec soi la mort et l'épouvante ;

« Tes habitans ont fui ces soldats destructeurs

« Qu'avaient su rallier trois illustres vengeurs ;

« Et dans plus d'un combat tes troupes valeureuses

« Ne purent résister à leurs forces nombreuses ;

« Des villages détruits, des asiles déserts,

« Ont tracé le séjour de ces êtres divers,

« Tels parfois le désastre et l'horrible pillage

« Ont de puissans ligués signalé le passage.

« La misère, le deuil et la désolation

« Vont donc enfin régner sur ma triste nation !

« Hélas ! pourquoi, grand Dieu, faut-il qu'à sa mémoire

« De tant de maux cruels se retrace l'histoire ?

« L'on n'entend en tous lieux que le cri du malheur,

« Des regrets superflus, la plus sombre douleur ;

« Ici l'on voit un fils redemander son père,

« Là-bas gémit la sœur sur le sort de son frère ;

« C'est une mère en pleurs dont les humides yeux

« Cherchent, mais vainement, un fils trop malheureux ;

« C'est cette mère aussi, cette épouse sensible

« Qui se lamente encor sur le destin terrible ·

« De ce fils, tendre fruit de ses douces amours,

« D'un époux généreux, qu'elle a vus pour toujours.

« Plus loin l'on aperçoit une amante éplorée

« Qui plaint de son amant la triste destinée ;

« Elle implore le ciel pour son propice sort :

« C'est en vain, car le ciel a résolu sa mort.

« O toi jusqu'à présent qui fus tout invincible,

« Toi, de tous les guerriers guerrier le plus terrible,

« Héros si redoutable ! ô grand Napoléon !

« J'admire tes exploits, et ton auguste nom

« Rappelle à mes esprits ces batailles sanglantes

« Où tu portas jadis tes armes triomphantes,

« Ces monarques vaincus, ces ennemis défaits,

« Que tu forças toujours à demander la paix.

« Quels sont les résultats de toutes tes conquêtes?

« Hélas! faut-il enfin voir peser sur nos têtes

« Le fer d'un ennemi qui veut tout ravager

« Et qui dans sa fureur brûle de se venger?

« Faut-il que pour ternir tes victoires brillantes

« Nous voyions dans nos murs ces troupes insolentes?

« Ou bien plutôt faut-il que ton ambition

« Ait causé le malheur d'une brave nation?

« Que de fils malheureux ravis à la présence

« De parens bien-aimés, pour la noble défense

« D'une patrie en proie à toutes les fureurs

« D'un ennemi puissant et d'orgueilleux vainqueurs!

« Que d'enfans orphelins, de veuves misérables,

« Maudiront à jamais tes projets détestables!

« Combien d'objets réduits au plus dur célibat

« Par le besoin pressant de défendre l'Etat!

« Combien voit-on enfin de familles aisées

« Par l'effet de ta guerre entièrement ruinées!

« De leurs toits embrasés, dans les affreux débris

« Contraintes à chercher de consolans abris,

« Et qui se rappelant son horrible ravage

« Auront devant les yeux sans cesse ton image!

« Pardonne à mes accens, trop illustre héros,

« Auteur de si hauts faits, auteur de tant de maux ;

« De toutes tes actions l'éternelle mémoire

« Saura mettre en balance et ta chute et ta gloire.

« Et toi, noble patrie, après tant de malheurs,

« Tu vas enfin goûter la paix et ses douceurs !

« La paix.... se pourrait-il qu'après autant d'années

« Par des calamités l'une à l'autre enchaînées,

« Ce peuple infortuné vît combler son désir,

« Et d'un bonheur si doux pût à la fin jouir ?

« Un jour pur et serein va donc reluire en France ;

« Déjà dans les esprits se peint la jouissance ;

« L'on entend tous les cœurs, ravis et satisfaits,

« Célébrer en chantant la paix et ses bienfaits ;

« De nos fiers ennemis les cohortes traîtresses

« Ont vu calmer enfin leurs fureurs vengeresses ;

« Déjà tous les Français sont exempts de gémir,

« Le commerce en système a cessé de languir ;

« Et bientôt la paisible et douce agriculture

« Reprendra tous ses droits sur la belle nature,

« Les beaux-arts fleuriront, et tous les ateliers

« Recevront dans leur sein de tranquilles ouvriers ;

« Et l'on ne verra plus le luxe et l'opulence

« Passer subitement à l'extrême licence,

« Le riche s'appauvrir, le pauvre mendier

« Un pain que son travail pourra lui procurer ;

« Et, le dirai-je, hélas ! l'espèce d'esclavage

« Où se voyait réduit un peuple grand et sage.

« O France ! pour toujours jouis de ton honheur,

« Et maudis à jamais le fléau destructeur

« Des combats meurtriers dont le dieu des batailles

« Fit retentir les coups au sein de tes murailles.

« Puissent tes citoyens, puissent tes fils chéris

« Cultiver l'olivier qu'ils ont si bien acquis,

« Et réparer enfin par d'heureux mariages

« Des guerres, de la mort les terribles carnages !

« Et moi, victime encor d'un destin rigoureux,

« Puissé-je te revoir dans ce temps bienheureux

« Où d'un Roi bienfaisant la bonté magnanime

« Lui donnera d'un peuple et l'amour et l'estime ! »

Vain espoir, dit Cassius, il ne l'a point revu

Ce pays pour lequel il a tant combattu.

Auprès des bords glacés du fatal Borysthène

Il est mort en pleurant les rives de la Seine.

Le retour d'une paix qu'il croyait entrevoir,

L'absence d'un pays qu'il brûlait de revoir,

Objet de ses pensers, de sa vive espérance,

Ses vœux furent déçus, il n'a plus vu la France.

Ces mots de mon ami m'arrachèrent des pleurs ;
Je lui rendis l'écrit, pénétré des malheurs
Qui fondaient de nouveau sur ma triste patrie,
Et fuyant leur aspect, je regrettais la vie
D'un courageux Français, d'un guerrier malheureux
Expiré loin des siens, digne d'être aimé d'eux !
Déjà l'astre du jour n'éclairait plus la terre,
Phœbé brillait au ciel de sa pâle lumière ;
On entendait au loin, au son des chalumeaux,
Les pâtres aux bercails ramener leurs troupeaux ;
Philomèle charmait du concert le plus tendre
Les échos d'alentour réunis pour l'entendre ;
L'atmosphère serein, la nature sans bruit,
Rendaient délicieux le calme de la nuit ;
A travers la forêt, Mars et sa douce amante
Projetaient à nos pieds leur clarté scintillante ;
Les eaux réfléchissaient leur mobile lueur ;
Tout offrait à nos sens un concours enchanteur.
Mollement étendu sur les rives de l'onde,
Mon ami contemplait la majesté du monde :
Une sombre langueur en ses traits se peignait.
Cependant au logis l'heure me rappelait ;
Je le quitte à regret. Celle qui me fait vivre
Aujourd'hui, me dit-il, m'interdit de vous suivre :

Demain, quand le soleil aura dardé ses feux,
Je t'en prie, ah ! reviens me rejoindre en ces lieux ;
Nos esprits ont besoin des mêmes jouissances :
Ainsi répond Cassius à mes vives instances.
Sans vouloir pénétrer le secret de son cœur,
Je le laissai pensif, solitaire et rêveur ;
Et, frappé de l'ennui qui dominait son être,
Je regagnai tout seul mon asile champêtre.
A peine le matin l'éclat naissant du jour
Commençait à dorer les sommets d'alentour ;
A l'aspect ravissant de l'aurore vermeille,
Mes sens encore émus des objets de la veille,
Je m'acheminai seul vers le bosquet ombreux
Où Cassius méditant sous la voûte des cieux,
Dans une nuit propice aux amans solitaires,
M'avait semblé d'amour céler quelques mystères.
Confident de ses maux, son destin m'était cher :
Enfin j'arrive au pied du stérile rocher ;
Là des corbeaux sortant de ses cavités sombres,
Je crus voir des enfers m'environner les ombres :
Bientôt les cris aigus de leurs croassemens
Vinrent autour de moi désabuser mes sens.
Non loin du noir séjour de leur grotte profonde,
Ils voltigeaient en cercle, et dans leur soif immonde,

Tantôt laissant tomber d'affreux lambeaux de chairs,
Pour se désaltérer ils descendaient des airs
Sur les humides bords de l'onde fugitive ;
Puis les ressaisissant d'une force plus vive,
Tantôt avec fureur les disputaient entr'eux
En prenant vers le ciel leur vol audacieux.
Ce spectacle d'horreur, cette image pénible,
Firent sur mes esprits une impression terrible.
Las ! quel aspect différent d'un paisible troupeau
Paissant l'herbe fleurie au bord d'un clair ruisseau,
Qui buvant à loisir son eau limpide et pure,
Semble remercier l'auteur de la nature !
Ah ! fuyons ces tableaux ! Et détournant les yeux,
Je brûlais de revoir mon ami malheureux :
J'aurais voulu pouvoir, dans mon impatience,
De son site désert rapprocher la distance.
En détours sinueux le ruisseau serpentant
Rendait à chaque pas mon désir plus ardent.
D'un feuillage touffu sous l'abri salutaire,
Je côtoyais des eaux la rive solitaire ;
Et suivant sur leurs bords un humide sentier,
Le destin de Cassius m'occupait tout entier ;
Quand devant moi soudain une ombre gémissante,
Comme pour arrêter ma recherche impuissante,

M'apparaît, et me fait voir au sein desséché
D'une mère expirée, un enfant attaché.
Aussitôt je tombai dans un sombre délire.....
Insensé! qu'ai-je dit? et que viens-je d'écrire!
Je vois se changer l'ombre en celle de la nuit,
Et m'éveille en cherchant un sommeil qui me fuit.


Savant imitateur du modeste Virgile,
Chantre aimable et sensible, harmonieux Delille,
Ah! ce n'est pas ainsi qu'à l'entour des vallons
Ayant erré long-temps, ayant gravi les monts;
Prolongeant dans les bois ta libre promenade,
Traversant le torrent au bruit de la cascade,
Ou suivant d'un ruisseau le cours capricieux,
Tu nous peins les objets qui fixèrent tes yeux.
Si d'un sommeil rêveur l'illusion touchante
Est parfois le sujet de ta verve élégante,
Dans tes vers enchanteurs quelle variété
Fait chérir ton esprit, ta force et ta clarté!
Celle que tu chantas avec un don si rare,
La nature, pour toi ne fut jamais avare.
Le charme ravissant de tes descriptions
Sut allier au vrai le pinceau des fictions;

Pour moi qui l'essayai, qui ne fais que de naître,
Il est trop tard déjà d'apprendre à te connaître.
Que n'ai-je, hélas! plus tôt, occupant mes loisirs,
Savouré tes leçons et tes premiers plaisirs!
Peut-être qu'aujourd'hui ta muse bienfaitrice
Deviendrait de mes vers l'heureuse inspiratrice,
Et naguère habitant sous un ciel rigoureux,
J'aurais mieux retracé des tableaux douloureux;
Mais pour parler des tiens, enthousiaste stérile,
Ma verve se consume en effort inutile.
Toutefois laisse-moi, favori des neuf sœurs,
Sur ta tombe en passant déposer quelques fleurs;
Laisse-moi contempler la douce allégorie
De l'Imagination cette fille chérie,
Et l'épisode heureux, et ces tableaux divers
Qui font régner ton nom au bout de l'univers.


FIN.

---

DE L'IMPRIMERIE D'ADRIEN ÉGRON,
rue des Noyers, n° 37.